R. Lequay sculp

Imp Gilquin et Dupain r de la Colandre 19 Paris

M. MARRAST

Fer^d SARTORIUS, Edit. 9, rue Mazarine.

Monsieur Armand Marrast a
l'honneur de saluer Messieurs les
Conservateurs et les prie de vouloir
bien mettre à sa disposition une
Traduction française de Salluste
Catilina et Jugurtha —

Armand Marrast

LES JOURNAUX

ET

LES JOURNALISTES

SOUS LE RÈGNE DE LOUIS-PHILIPPE.

PAR

HIPPOLYTE CASTILLE

PARIS

FERDINAND SARTORIUS, ÉDITEUR,

9, RUE MAZARINE, 9.

1858

PARIS

IMPRIMERIE DE L. TINTERLIN ET Cⁱᵉ,

RUE Nᵉ-DES-BONS-ENFANTS, 3.

LES JOURNAUX.

ET

LES JOURNALISTES

SOUS LE RÈGNE DE LOUIS-PHILIPPE.

———

A peine eut-on remis les pavés en place, que le torrent des·idées, arrêté, ou plutôt dirigé dans la voie véritable des applications par le Consulat et l'Empire , mal contenu par la Restauration, jaillit avec une impétuosité qui rappelait le grand mouvement intellectuel de 1789.

Signalons d'abord un fait remarquable dans l'histoire de la presse sous le règne de Louis-Philippe. Cette histoire se divise en deux périodes parfaitement distinctes.

La première appartient à l'idée. La presse est ardente, impétueuse, sans mesure, mais elle est pure. C'est à la pensée qu'elle sacrifie. Ses excès sont ceux d'une foi trop ardente, d'un amour déréglé peut-être pour les principes; mais si les hommes chargés du maintien de l'ordre peuvent l'accuser de fanatisme et sévir contre elle, le penseur du moins l'absout, le philosophe lui pardonne; elle n'a pas démérité de l'idée.

La seconde période, au contraire, appartient aux intérêts matériels. La pensée du règne a porté ses fruits. Ce n'est plus Armand Carrel, Lamennais, Louis Blanc, Enfantin, Fourier, Genoude, Montalembert, qui vont donner à la presse quotidienne son impulsion. La finance va prendre le dessus. Les actionnaires vont remplacer les penseurs. La *Presse* et le *Siècle*, constitués par actions, vont ouvrir leurs pages au roman-feuilleton. L'annonce va devenir une ferme. Derrière un grand journal, en grattant la peau du journaliste, on trouvera un banquier ou un industriel. Sous le rédacteur du *Constitutionnel*, on découvrira M. Véron, sous celui de la *Patrie*, M. Delamarre.

La capacité politique appartenait au cens, il était tout simple que la pensée publique appartînt au capital.

Les plus ardents succombèrent les premiers. Un homme d'une éloquence singulière, un esprit impossible, anarchique, consumé de la double flamme de la science et des principes les plus exaltés de la vie publique, M. Raspail, avait fondé le *Réformateur* et la *Tribune*. M. Marrast et Louis Blanc lui succédèrent. M. Cauchois-Lemaire, que ses luttes sous la Restauration n'avaient pas épuisé, fonda le *Bon Sens* et eut pour successeur M. Louis Blanc qui, tout jeune encore, déployait une énergie pour le travail et une capacité supérieures.

Quelques-unes de ces notices ont raconté ces luttes des premiers jours de la monarchie de juillet. C'est dans cette première période qu'il faut placer le journal l'*Avenir*, dont la publication jette un jour précieux sur l'histoire du catholicisme au xix° siècle.

L'une des feuilles les plus originales du temps fut le *Globe*, organe des idées saint-simoniennes. On sait comment le pouvoir essaya de tuer sous le ridicule cette phalange d'hommes d'élite qui, tous ou presque tous, ont surgi depuis dans la finance, les lettres et les arts avec une incroyable vigueur et un génie pratique qu'on était bien loin de leur supposer.

La seule énumération des jouraux qui parurent et disparurent pendant cette première période, suffit à donner une idée de l'effort des partis au lendemain de la révolution de juillet. Ainsi les légitimistes comptaient à leur service la *France*, la *Gazette*, la *Quotidienne*, la *Nation*, le *Courrier de l'Europe*, le *Rénovateur*. Le parti napoléonien était représenté par le *Capitole* et la *Révolution de 1830*. Il eut un moment le *Commerce*, qui devint plus tard un journal d'opposition d'une nuance douteuse, entre la nuance républicaine du *National* et celle de la gauche dynastique.

La France comptait en somme sept à huit cents journaux, dont trois cents environ traitaient des matières politiques. La moitié de ces feuilles appartenait aux intérêts de conservation et soutenait le Gouvernement. L'autre moitié se divisait entre les diverses nuances de l'opposition.

A Paris , le nombre des journaux a toujours été fort variable. La presse n'a pas eu d'état normal. Son cours moyen n'a jamais été appréciable comme en Angleterre, parce que jamais elle n'a été livrée à ses propres forces en temps de calme.

Le régime imposé à la presse et plus encore les mesures fiscales qui lui ont été appliquées ont toujours déterminé sa puissance. On pourrait comparer ces mesures à des pistons à l'aide desquels on règle la force d'expansion de la vapeur.

Les lois de septembre , cent mille francs de cautionnement, cinq centimes de timbre, donnèrent, pour la ville de Paris , sous le règne de Louis-Philippe , une moyenne de vingt-cinq à trente journaux quotidiens.

Esquisser, même en quelques lignes, la monographie de tous les journaux qui parurent et disparurent sous ce règne de dix-huit années, dépasserait singulièrement les proportions d'une notice. Les principaux acteürs sont toujours les mêmes d'ailleurs. On change de cartes, mais on se retrouve toujours face à face devant le grand tapis vert de la politique. Quelques-uns changent de côté, d'autres meurent pendant la partie, quelques nouveau-venus apparaissent çà et là, avec l'auréole des illusions de la jeunesse, parmi ces fronts foudroyés où sont écrites toutes les aspirations et toutes les déceptions du siècle, tous les héroïsmes et toutes les lâchetés de l'esprit, toutes les croyances, tous les doutes et toute l'ironie d'une époque sans pareille dans l'histoire du monde.

Dessinons donc, d'un coup de crayon rapide, les principaux masques du drame bourgeois qui se joua dans la presse dans l'intervalle de deux révolutions.

Ici encore, nous retrouvons au premier plan ce fameux *Journal des Débats*, dont M. Nettement a eu la patience d'écrire l'histoire en deux volumes.

Mais ce n'était plus le *Journal des Débats* frondeur, voltairien, libéral, opposant, faisant passer l'opposition jusque dans la litté-

rature. La plupart de ses rédacteurs étaient
devenus de puissants personnages. Ils occu-
paient dans l'État de hautes fonctions dont
l'éclat et l'utilité rejaillissaient sur cette
feuille et augmentaient son crédit dans l'o-
pinion.

Un bourgeois colossal, qu'on disait beau,
et dont M. Ingres a peint le portrait avec
amour, M. Bertin, dirigeait cette feuille avec
une habileté consommée.

Quand M. de Girardin, par la création de
la presse politique à quarante francs, eut
fait une révolution da_s l'industrie du journalisme, le *Journal des Débats* n'en maintint
pas moins son haut prix d'abonnement.
L'esprit de cette feuille, le caractère du règne
sous lequel elle florit, se trahissent dans ce
simple fait. Le *Journal des Débats* n'eut jamais
la pensée d'étendre jusqu'au peuple, ni même
jusqu'aux capacités indigentes, les bienfaits
de la notion et de la discussion. Son prix
d'abonnement, en bonne économie domes-
tique, n'est accessible qu'aux gens qui pos-
sèdent au moins un revenu annuel de dix
mille francs.

Par une conséquence naturelle du même ordre d'idées, le *Journal des Débats* se montrait exclusif en matière de *questions* et d'*individualités*. Nous l'avons vu se faire, au besoin, le propagateur des œuvres de M. Chenu et de M. Delahodde, et contribuer à la famosité de ces personnages, tandis qu'avec une affectation singulière, il y a des noms très-purs et très-répandus qu'il n'écrit jamais, des questions vivantes qu'il affecte de ne pas voir, qu'il ne veut pas connaître, sans se demander jusqu'à quel point il remplit ainsi, vis-à-vis de ses abonnés, les conventions tacites qui existent entre un journal et ses clients.

Le silence est la dernière expression de la haine du *Journal des Débats*. Il l'avoue. Et, pour montrer à ceux qu'il honore de ce silence, qu'il agit ainsi à leur égard avec une intention marquée, il les attaque sans les nommer, les reproduit sans les citer (1).

(1) Me sera-t-il permis de citer ici, comme preuve à l'appui, un fait personnel? Lié d'amitié avec M. Daniele Manin, auquel une de ces Notices

Le *Journal des Débats*, dans ses grands jours, se fait universitaire, se laisse aller à des retours d'esprit voltairien contre les ultramontains. Eh bien, faut-il le dire? dans l'art profond que le langage populaire a désigné en France sous le nom de jésuitisme, et à Constantinople sous celui de phanariotisme, la feuille universitaire dépasse les Jésuites eux-mêmes et ceux des Grecs byzantins qui ont fait au vieux Phanar sa réputation. Les rédacteurs du *Journal des Débats* sont les phanariotes de la presse française.

Le talent très-incontestable du *Journal des Débats* consiste surtout dans l'attitude, dans la mesure, dans la forme. Aussi son

a été consacrée, j'ai pu recueillir de sa propre parole, des détails sur sa vie politique et privée, inconnus jusqu'alors. Ces détails faisaient tout le prix de ma Notice. Dans un article du *Journal des Débats*, signé Louis Ratisbonne, et consacré à Manin, plusieurs passages m'ont été empruntés, sans que ni mon nom, ni celui de cette publication aient été mentionnés. Ceci n'est plus de bonne guerre; c'est une pure soustraction littéraire.

existence, purement factice, se rattache-t-elle
au principe même qu'elle professe. Exclusif,
restreint, imbu de doctrines égoïstes, co-
lorées de je ne sais quel faux libéralisme,
le *Journal des Débats* n'a vécu que grâce aux
lois qui ont régi la presse, au régime fiscal
qui lui a été imposé. Il n'eût pas résisté trois
ans à un régime diamétralement opposé.

En face du *Journal des Débats*, et dans un
camp opposé, il convient de placer le *National*. Lui aussi avait vu quelques-uns de
ses rédacteurs passer au pouvoir et aux
fonctions, notamment MM. Thiers et Mignet.
Mais le journal resta fidèle au drapeau et
progressa même dans le sens démocratique.
Il eut la bonne fortune d'avoir successivement pour rédacteurs en chef deux hommes
éminents à divers titres, MM. Armand Carrel
et Armand Marrast. Nous avons consacré
une notice au premier. Le second a laissé,
lui aussi, des souvenirs qui appartiennent
à l'histoire.

Le *National*, par hasard ou par des affinités
d'élégance, avait établi ses bureaux non
loin de l'Opéra, dans la rue Lepelletier, à

côté d'un café-divan, qui fut le café Procope du règne de Louis-Philippe. Son rédacteur en chef, M. Marrast, y accueillait tout le monde avec une urbanité douce. C'était un homme de moyenne taille, le teint méridional, les cheveux abondants et un peu crépus. Il avait un bel œil noir à reflet d'or, une physionomie fine, sensuelle, sans ombre de grossièreté, quelque chose dans toute sa personne du désordre d'une pensée spirituelle, sans cesse à l'œuvre. Un mélange d'indolence et de volupté, particulier aux arts et aux lettres, se mêlait à cette activité de la pensée. Ce fut un vrai journaliste, un de ces hommes dont le rôle, le caractère, ne trouveraient plus de place dans nos mœurs.

Il existe de tels préjugés dans le public à l'égard des gens de lettres, certaines personnes les croient si cupides, si dénués de probité, qu'on s'imagina que, pendant son court passage au pouvoir, M. Marrast avait, à l'instar de la tourbe obscure des ministres du règne précédent, fait, à force d'exactions et de tripotages, une grosse fortune. On fut bien surpris, quand mourut ce beau joueur du tapis vert du journalisme, cet Athénien de Paris, de voir qu'il ne laissait pas même de quoi se faire enterrer. Mais, en revanche, il existe au Père-Lachaise, au-dessus des cendres d'un chaudronnier, un monument funèbre qui domine, comme un symbole, le cimetière, Paris entier et les sept collines qui l'entourent,

La nation française a une crise de mœurs. Le jour où elle perdrait le respect de l'intelligence, elle périrait. Elle deviendrait mauvais soldat, mauvais ouvrier, mauvais marin, mauvais diplomate. Elle ne serait plus qu'un café où viendraient boire les peuples de l'Europe. Nous autres Français, nous ne valons que par l'esprit et par le cœur.

Le *Constitutionnel*, sous le règne de Louis-Philippe, subit plusieurs transformations. Il serait long et pénible de les suivre toutes.

La plus curieuse, à mon avis, est celle qui amena, timidement d'abord, puis au grand jour, quand la révolution eut permis la manifestation de toutes les excentricités, M. Véron au rang des journalistes.

Les hommes distingués qui contribuaient alors à la rédaction du *Constitutionnel*, durent subir cette étrange direction et cette confraternité non moins étrange. C'est un risque dont il faut prendre son parti.

Il en sera ainsi tant que le prix de revient des journaux ne sera abordable qu'aux grands capitaux.

Sous le règne de Louis-Philippe, le *Commerce* a eu successivement pour rédacteurs MM. Guillemot, Lesseps, Arnold Scheffer.

J'ai un moment connu M. Arnold Scheffer. Il était grand, mince, d'une tournure distinguée. Sa constitution paraissait ravagée par uné de ces maladies dont l'origine est à l'âme et qui semblent servir d'exemple à l'appui du thème de Cabanis. Sa physionomie, pleine de douceur et de bonté, semblait à travers les ravages du temps et de la maladie, avoir conservé une sorte de reflet de la poésie de la jeunesse, de ses enthousiasmes. Sur ses traits fatigués, je ne sais quoi de chevaleresque se voyait encore au déclin de sa trop courte carrière, comme on voit les reflets du soleil alors qu'il plonge

déjà dans les bleus abîmes de l'autre hémisphère.

M. Arnold Scheffer avait succédé à M. Lesseps, qui remplit assez longtemps les fonctions de rédacteur en chef du *Commerce*.

Les journaux semblaient alors affection-
ner les petites rues étroites et sombres, voi-
sines des quartiers élégants et populeux. On
n'y arrivait qu'à travers la boue et les ténè-
bres. L'intelligence avait, elle aussi, son
berceau dans une crèche. La presse semblait fuir les regards et dissimuler son existence, comme si elle eût voulu échapper à
l'œil des gouvernements.

Le *Commerce* avait ses bureaux, sa rédaction, son imprimerie rue Saint-Joseph, n° 9.
A moins de passer par le cabinet du rédacteur en chef, on n'arrivait à la salle commune de la rédaction que par un petit escalier étroit, raboteux, bas de plafond et gras
de noir d'imprimerie. Le poëte Regnier
n'aurait rien imaginé de mieux pour ses
rimes ordurières. Que de fois, le cœur serré,
mais poussé par une volonté folle qui résis-
tait aux avertissements que la Providence

sème sur les pas de quiconque s'aventure
dans cette voie dangereuse et fatale de la
publicité, que de fois j'ai gravi ce petit escalier. Habitué aux libres allures de la vie de
village, je ne parvenais jamais à courber la
tête assez vite en pénétrant dans ce maudit
escalier. Mon chapeau se heurtait au plafond
et me rappelait ironiquement qu'on n'arrive
pas à la notoriété la tête haute. J'acceptais
ces coups au front comme une punition de
l'orgueil qui me poussait hors des voies
obscures et communes en dehors desquelles
il n'est ni repos ni bonheur. Le petit escalier prenait à mes yeux un aspect symbo-
lique, comme l'échelle de Jacob. « C'est le
chemin de la célébrité, me disais-je, il est
juste qu'il soit pénible. »

Ce chemin menait droit à M. Boniface qui,
assis au-devant d'un petit bureau, au fond
d'une chambre obscure et mal meublée,
tournait le dos à la porte d'entrée, autre
symbole de l'accueil réservé à l'enfant perdu
qui débute dans la carrière des lettres.
M. Boniface, dans lequel se combinaient la
raideur d'un ancien militaire, celle de

l'homme assis huit heures par jour devant
une table, et l'humeur d'un journaliste dé-
rangé vingt-cinq fois par heure, semblait
fait exprès pour effrayer les débutants. Il
coupait le journal. Il avait l'air si profondément enterré dans ses petits papiers, ses
grands ciseaux avaient quelque chose de si
menaçant, il tournait à demi la tête et se
remettait au travail d'une façon si profondément inhospitalière lorsqu'on entrait, qu'il
fallait, pour lui adresser la parole et lui demander des nouvelles du manuscrit, plus de
courage qu'il n'en faut pour croiser le fer ou
échanger une balle.

M. Boniface était au fond un excellent
homme qui, m'ayant reconnu compatriote,
m'aida sans phrases, et bien innocemment,
à faire paraître de mauvais feuilletons, que
les lecteurs du *Commerce* eurent la bonté de
trouver à leur goût, ou plutôt de me par-
donner, comme je me plais à le croire.

Mais ce qu'il y eut de véritablement co-
mique dans cette petite aventure littéraire,
c'est que M. Boniface ne fut ici que l'instrument d'un homme de lettres qui dirigeait

le feuilleton, M. David. Ce dernier, me croyant
sans doute mieux partagé que lui par la fortune, me fit l'honneur de m'emprunter un
billet de mille francs, et eut, en retour
de ce léger service, l'art et la bonne grâce
de mettre ma première nouvelle sous la
main distraite de M. Boniface qui a dû depuis me croire bien ingrat.

Vers minuit, M. Lesseps arrivait badine
en main, le cigare aux lèvres, les lunettes
d'or de travers. Avant d'aller dicter à son
secretaire, M. Gizorme (1), son centième
article contre les fortifications de Paris,
M. Lesseps entrait dans le cabinet de M. Boniface. Chaque fois qu'il me trouvait là, cor-
rigeant mes épreuves, il ne manquait pas
de m'interpeller par cette parole digne d'un
Athénien des derniers jours :

— « Monsieur, que dit-on dans le monde? »

Le monde alors pour moi c'était mes rêves
que je promenais dans la solitude des
grandes allées du Luxembourg, où que

(1) M. Gizorme, rédacteur d'un journal de pro-
vince, est mort en 1857.

j'enfouissais dans ma petite chambre de la rue de l'Ouest.

Il me souvient pourtant, qu'un jour, m'étant aventuré dans ce monde qui inquiétait si fort M. Lesseps, je parlai à Mme Andryane du rédacteur en chef du *Commerce.* — «C'est un homme fort aimable, dit-elle, c'est dommage qu'il soit si républicain. »

C'était en 1843 ou 1844. J'ai retenu le mot et j'en ai depuis compris toute la profondeur.

Quelque temps après sa sortie du *Commerce,* M. Lesseps fonda un autre journal, l'*Esprit Public.* On y rencontrait un jeune avocat plein de talent, M. Avond, qui fut depuis représentant du peuple, et que la rigidité de nos mœurs, fort sévères en matière de galanterie, a donné en pâture à la curiosité des badauds.

Une des vieilles lames du parti républicain, M. Paya, fut quelque temps gérant de l'*Esprit Public.* Pauvre Paya ! qui m'eût dit alors que quelques années plus tard il serait condamné à une détention perpétuelle, et que j'irais lui serrer la main dans une petite chambre des Madelonnettes, où il a transporté une vie studieuse, moins amère que celle des luttes politiques.

L'un des habitués assidus de la rédaction de l'*Esprit Public*, était le conseiller Madier de Montjau, père de M. Madier de Montjau qui fut l'un des représentants du peuple les plus actifs de l'Assemblée législative. M. Madier de Montjau, le père, ressemble à ces austères *têtes-rondes*, dont Walter Scott a dessiné la physionomie. C'est, du moins, ainsi que je me le représentais. Sa maigreur, sa grande taille, ses cheveux épais et noirs, ses traits fortement accusés, une sorte de raideur répandue dans toute sa personne, répondaient bien à l'idée que je pouvais me faire de quelques personnages de *Woodstock* ou de *Peveril du Pic*. M. Madier de Montjau me plaisait à cause de cela. Je l'écoutais sans le comprendre, car j'avais alors le bonheur de ne rien connaître des affaires du temps. Lorsqu'il avait bien parlé, il s'étendait, dans toute sa longueur, sur l'immense table de la rédaction, et il passait de longues heures, les yeux fermés. Rêvait-il au salut de la patrie? A quoi songeait-il? On n'a jamais pu le savoir.

Mais, en le contemplant ainsi étendu, je compris pour la première fois la justesse du mauvais quolibet qu'on se permettait à son égard en le surnommant *Madrier* de Mont-jau. Rien ne saurait rendre l'effet que produisait l'interminable personne de ce bon monsieur, étendu comme une statue sépulcrale sur une table de rédaction qui elle-même dépassait toutes les bornes de la bienséance et accaparait la salle entière.

Le *Courrier français* était alors dirigé par M. Xavier Durrieu, petit homme plus décevant qu'une chimère et qui, fort jeune encore, poussait à un remarquable degré l'art d'user de la parole pour ne pas dire sa pensée. Il était fort myope et tirait quelque parti de cette infirmité. Plein d'audace, instruit, désireux de faire son chemin, bon écrivain, il eût mieux réussi sur un terrain moins mouvant que celui de la démocratie, en France, au dix-neuvième siècle. La révolution en fit un représentant du peuple. Il parla souvent, mais sans autorité. Son extérieur nuisait à ses talents. Il avait l'air d'un étudiant qui a passé la nuit quelque part. Ses amis lui reprochaient de ne pas attacher suffisamment d'importance au soin de sa personne. La malignité grossissait ces détails intimes. Il a couru sur lui des histoires de linge à faire frémir.

M. François Ducuing faisait les articles sur l'Algérie, dont la presse s'occupait beaucoup alors. Il possédait bien son sujet. Un jeune économiste, aujourd'hui professeur d'économie politique de la ville de Bruxelles, et qui sera le Cobden de la Belgique, M. G. de Molinari, rédigeait les articles d'économie publique avec une facilité et souvent même une verve rare en pareille matière.

L'écrivain le plus remarquable de cette feuille fut sans contredit M. Frédéric Bastiat, qui y publia ses premiers articles sur la question du libre-échange. J'ai eu l'honneur d'être l'ami et un moment le collaborateur de ce publiciste illustre. Ses traits amaigris, le son de sa voix persuasive comme celle de Manin, mais avec moins d'autorité, son costume simple et propre, tout cela est encore présent à ma mémoire, comme s'il sortait de ce petit salon de la rue Saint-Lazare, où j'ai réuni un moment quelques hommes qui depuis ont fait parler d'eux.

Frédéric Bastiat était fort brun. Il y avait en lui, dans les derniers temps, quelque chose d'un corbeau malade. Comme Manin, à qui je l'ai comparé, non sans quelque raison, il avait l'art de grouper les hommes parce qu'il portait en lui, comme l'illustre Italien, cette impersonnalité qui les attire. Les individualités expansives repoussent. Les hommes qui, au contraire, ont l'air de s'oublier et de vivre dans la raison pure, ont le don d'inspirer beaucoup de respect et souvent même d'affection. Ils acquièrent promptement une grande autorité. En trois années, Frédéric Bastiat fit à Paris un chemin prodigieux. Son caractère y contribua au moins autant que son talent. Il s'est même formé après sa mort une *Société des amis de Bastiat*. Je n'en ai pas plus fait partie que je n'ai souscrit au monument funèbre de, M. Manin. Je hais l'agitation sur les tombes. Ce matérialisme funèbre blesse mes sentiments les plus intimes. C'est dans la solitude de l'âme que se réfugie la vraie douleur. C'èst par la plume qu'elle s'exprime le mieux, et, à ce double titre, je puis dire : *exegi monumentum*.

Qu'il me soit permis de mettre sous les yeux du lecteur une esquisse déjà ancienne de cette belle et pure physionomie. Je l'ai tracée à une époque où mes impressions étaient plus récentes et plus nettes qu'aujourd'hui; elle n'en sera que plus fidèle.

M. Frédéric Bastiat, qui arriva à Paris avec sa grosse redingote, ses cheveux plats, sa mine grave et ses quarante ans passés, vint donner au préjugé de la jeunesse une trop belle leçon pour que nous n'en fassions pas notre profit. Ce juge de paix des Landes, demi-monsieur, demi-paysan quant à l'extérieur, modeste en apparence et en réalité, cette figure de bedeau maigre, s'exprimant d'une voix faible, brisée, mais persuasive, convaincue, dans un français pur et abondant, avec un enthousiasme tranquille qui perçait dans le tour de la pensée, dans l'incisif

de la raison. Ce bonhomme, ce sage, laissait
une impression profonde dans l'esprit. Il
était un de ces hommes dont on ne devient
jamais entièrement l'ami, parce que leur
intimité honore trop pour qu'on ne garde
pas toujours à leur égard une déférence
marquée dans les rapports de la vie. Un
très-grand nombre de poëtes et d'artistes
sont doués d'une personnalité qui est, dit-on,
nécessaire à leur art, mais qui se fait sentir
de la façon la plus importante dans la conversation. M. Bastiat, quoique artiste et poëte
en son genre, était justement le contraire de
ce type ; son *moi* ne se faisait jamais sentir
dans ce qu'il disait, et il semblait à peine
que ce fût à *vous*, être isolé, que s'adressât
sa parole. C'était une idée parlant à tous.
Rien de plus curieux que cette nature im-
personnelle professant l'individualisme ou
du moins les doctrines économiques anglo-
américaines dont l'intérêt individuel est la
bâse. De tels caractères sont particulièrement aptes à former une secte ou un parti.
Les esprits personnels étonnent plus qu'ils
ne charment. Les âmes fières ou seulement

indépendantes s'écartent de ces pontifes
qui me paraissent manquer à la plus essen-
tielle des facultés politiques, l'art de grouper
les intelligences. Quand l'homme disparaît,
au contraire, lorsqu'il s'abîme dans l'idée
et que la pensée brûle d'une flamme pure,
chacun s'approche avec confiance de ce généreux foyer. Prouvez-moi qu'en militant
c'est pour moi-même que je prends les
armes ; démontrez-moi seulement qu'il s'a-
git du bien général et non de votre propre
personne, monsieur l'apôtre, et je marche
avec vous. C'est par cette puissante faculté,
par cette modestie vraie du croyant, qu'un
obscur manufacturier de Manchester a su
remuer de fond en comble les vieilles insti-
tutions anglaises, organiser une *ligue* puissante soutenue d'une liste civile de douze
millions en gros sous, et briser aux mains des
landlords l'instrument d'oppression le plus
terrible, les corn-laws, au moyen desquels
l'aristocratie affamait le peuple et se gor-
geait d'or. Voilà ce que fit M. Richard Cobden,
cet homme, a dit M. Robert Peel, « d'une éloquence d'autant plus admirable qu'elle était

moins entachée d'affectation et d'ornement.»
Les circonstances aidant, un tel rôle pouvait
convenir à M. Frédéric Bastiat, que la mort
enleva prématurément, comme s'il n'eût pas
été fait pour ce peuple bruyant et belliqueux
et pour ces temps de désordre.

La question du libre-échange fut loin
d'obtenir en France le succès qu'elle rem-
porta en Angleterre. Il est juste de dire que
son importance était bien moindre ici. Elle
ne rencontrait ni dans nos lois, ni dans
notre tarif douanier, les monstruosités de la
prohibition anglaise. Il est toujours facile de
passionner les masses à propos des lois sur
les céréales ; on n'agite pas la France avec
les lins, les houilles et la métallurgie. Les
séances de la société du libre-échange ,
dont M. Bastiat fut le créateur, attirèrent un
nombreux auditoire, mais un auditoire plus
studieux qu'enthousiaste. La querelle se
concentra entre quelques industries, entre
les hauts-fourneaux et les vignes, et les
choses en restèrent où elles en étaient.
Très-propre à mener une agitation pacifique
à la manière anglaise, M. Frédéric Bastiat

n'était apte ni à la polémique, ni aux coups de main à la française. Cette douceur de caractère et de formes, cette politesse de tempérament qu'il apportait dans la discussion, se brisaient contre la verve brutale d'un journaliste sanguin. Dans sa grande dispute économique avec M. Proudhon, quoique la raison fût de son côté, il passa pour vaincu aux yeux de ceux qui n'entendaient rien à la question. M. Proudhon mêlait à la discussion des saillies de pamphlétaire auxquelles M. Bastiat ne répondait point; il ne comprenait même pas que l'on pût descendre à ce ton en traitant de si hautes matières. J'appris de lui-même l'impression qu'il en ressentit; importuné, blessé de la tournure personnelle que prenait ce débat, il était résolu à répondre par le silence à la première incartade de son adversaire. Nous aimons à croire que si M. Proudhon avait eu l'honneur de connaître le noble caractère de M. Bastiat, il eût donné à sa polémique une tournure plus convenable.

En trois ans, M. Frédéric Bastiat avait conquis la notoriété que tant d'autres chas-

seurs, partis dès l'aube de la vie, poursui-
vent en vain. Il avait publié les *Sophismes
économiques*, petit livre écrit avec tant de
grâce et tant d'esprit qu'il se lit aussi aisé-
ment que des fables; plus tard, il traçait
l'*Histoire de la Ligue*, non pas de cette ligue
scandaleuse de notre histoire, mais de la
ligue positive qu'un petit nombre d'hommes
convaincus entamèrent de nos jours contre
la prohibition. Le nom de Frédéric Bastiat
n'a pas eu le temps d'acquérir son entier
développement. Dans un temps d'agitation
morale et de calme effectif, dans un pays de
libre discussion comme l'Angleterre ou
l'Amérique, M. Bastiat eût fourni une
grande carrière; mais ici, où nous ne sau-
rions discuter longtemps sans courir au fusil,
dans ce pays catholique et monarchiste,
c'est-à-dire intolérant et absolu, plus pas-
sionné que rationnel, réclamant la liberté et
ne pouvant soutenir la contradiction, les
hommes de cette trempe n'ont rien à faire.
M. Bastiat est mort; il a eu raison de mourir.
Qu'eût-il fait parmi nous? Il nous eût ré-
pété sa belle formule : *Les services s'échan-*

gent contre les services, parole presque tendre, presque évangélique, appliquée à la science politique la moins sentimentale qui soit au monde, à l'économie. A quoi nous aurions, nous, répondu : un coup de fusil s'échange contre un coup de fusil, une insulte contre une insulte, jusqu'à ce qu'un plus fort et plus énergique mette le holà en tirant sur les uns et sur les autres. Pauvre homme ! il mourut en écrivant un livre intitulé : *Harmonies économiques !*

On ne saurait, d'ailleurs, laisser indifféremment passer un fait aussi singulier que celui que nous venons de signaler dans la formule de M. Bastiat ; son originalité en économie politique est là tout entière. Il a cherché l'harmonie dans une science qui préside au jeu des intérêts, c'est-à-dire à un antagonisme permanent ; il a fait descendre je ne sais quel humain sentiment dans une doctrine aussi implacable que l'algèbre. Comme M. Proudhon, mais par des procédés très-différents, sans être un schismatique, mais en amollissant en quelque sorte cette dure science des Smith, des Ricardo et des

Malthus, il a été un trait d'union entre ce qui
a été hier et ce qui sera demain. La gloire et
la distinction du juge de paix de Mugron,
qui s'en vint à Paris sur le tard de la vie
faire entendre aux beaux esprits de la
grande ville, dans un langage plein de la
finesse et du bon sens du paysan, dans un
style encore parfumé de la fraicheur des
champs, de grandes et simples vérités; le
plus beau titre de M. Frédéric Bastiat à la
reconnaissance de ce pays, git dans le rôle
conciliateur qu'il a joué durant sa courte
carrière publique.

Parmi les célébrités qui passèrent à la
lanterne magique du *Courrier français*, j'ai
oublié Bou-Maza. Cet Arabe ne contribuait
pas, sans doute, à la rédaction du *Courrier
français*, mais il en fréquentait assidûment
les bureaux. Il descendait vers le midi des
hauteurs des Champs-Élysées où il habitait,
et après avoir contemplé mélancoliquement
les serins des marchands d'oiseaux du Car-
rousel, — captif regardant d'autres captifs,
— il gagnait lentement la rue du Bouloi, et
le cabinet de rédaction du *Courrier français*.

Là, il rencontrait un méridional, M. Thouard, qui a fait un instant du bruit par le regrettable soufflet qu'il donna à M. Hetzel. M. Thouard avait connu Bou-Maza en Afrique. Quand le chef arabe apercevait l'œil noir et plein de feu de M. Thouard, sa face de chat maigre et souffrant s'éclairait comme à un reflet du soleil de son pays. Il riait. Et c'était quelque chose de prodigieux de voir Bou-Maza riant. Au premier salut succédaient bientôt de petites agaceries, qui finissaient par une lutte corps à corps, et le plus fort ou le plus agile des deux lutteurs s'agenouillait sur la poitrine du vaincu et faisait, du tranchant de la main, le simulacre de lui couper la tête. C'était comme un souvenir des jeux sanglants du désert que Bou-Maza retrouvait dans ce sombre étage de la rue du Bouloi.

- La rédaction du *Courrier français* se plaisait au spectacle de ces intermèdes qui alternaient agréablement avec la monotonie des premiers-Paris et de la politique du règne.

Les journaux légitimistes étaient au

nombre de trois, plus une revue, la *Mode*, dirigée par le vicomte Walsh.

Le principal était alors la *Quotidienne*, rédigée par les hommes du *Droit divin*, l'*Echo français*, journal reproducteur, et la *Gazette de France*, qui brilla de beaucoup d'éclat sous la direction de M. de Genoude.

M. de Genoude fut un des hommes les plus actifs du parti légitimiste. Il possédait deux grandes qualités dont il eût tiré avantage au service de toute autre cause : il était généreux et habile à persuader, qualités à peu près inutiles dans un parti riche et dépourvu de soldats. Sa conversation charmait et entraînait. Il manquait peut-être un peu d'humilité chrétienne, mais la personnalité n'était, en quelque sorte, chez lui qu'un élément d'action. Il en poussait plus loin le dévouement. Sa constance, dans l'exécution d'une idée, ne se lassait jamais. Il poussa à l'extrême l'immense paradoxe du refus de l'impôt, et laissa vendre jusqu'au portrait d'une personne à jamais perdue et dont le souvenir vivait toujours dans son cœur. Certes, si l'opposition avait discipli-

nairement suivi le mot d'ordre de M. de
Genoude, l'État se trouvait placé dans la
plus embarrassante des situations. Mais aux
yeux d'un homme véritablement doué du
sens pratique, le refus de l'impôt ressemble
à ces inventions diaboliques dont le régime
militaire ne saurait accepter l'application
aux armées. Le refus, une fois organisé, se
réorganiserait à tout propos, et l'État se
trouverait ainsi à la disposition d'une mino-
rité de gros contribuables. Comme tous les
néo-légitimistes , M. de Genoude fit profes-
sion de libéralisme et de parlementarisme,
c'est-à-dire qu'il fut inconséquent, s'il était
de bonne foi; profondément habile, s'il ne se
servait du suffrage universel que comme
d'un moyen pour conquérir un trône impossible à enlever à la baïonnette. C'eût été, en
effet, le seul et le plus ingénieux moyen de
rétablir la branche aînée. Il est facile ensuite , quand on dispose de la police , des
armées et du Trésor public, de revenir
à son vrai principe. Si telle a été, sous Louis-
Philippe, la pensée secrète des légitimistes
libéraux, il faut admirer leur merveilleuse

tactique; s'ils ont réellement renié les doctrines de MM. de Maistre et de Bonald, on
aurait pu dire d'eux : c'est un parti perdu
avec lequel il n'y a plus même besoin de
compter, puisqu'il ne se connait plus lui-
même ; avec lequel il est inutile de raison-
ner, puisqu'il est tombé dans l'inconsé-
quence.

L'*Univers* était rédigé par M. Veuillot et
voué à la défense des intérêts du haut clergé
et des principes de la religion catholique.
M. Veuillot, homme d'un talent supérieur,
nourri de la lecture des comiques et des
érotiques des seizième et dix-huitième siè-
cles, avait pour originalité de mettre au
service des matières de piété le style singulièrement énergique et ordurier de ses maî-
tres. Cet artiste fourvoyé, aigri peut-être
par les malheurs, si communs dans ce
monde infernal des lettres, s'était barricadé
dans cette manière de sacristie, et de là,
sans souci des injures et des quolibets, sachant bien qu'en ce genre il était de taille à
dominer les plus fortes gueules du pays
gaulois, il s'était mis à aboyer au monde.

Depuis certains prédicateurs de la renaissance, nul n'avait de ce ton pris la défense . de l'Église.

Revenu du premier étonnement que lui causa cette franche lippée d'invectives, le public observa M. Veuillot. L'analyse de ce caractère et de ce talent ne lui fut pas bien difficile. Et l'*Univers* n'eut pas tout le succès qu'attendait son directeur. Car, c'est une chose consolante, le succès ne s'attache pas toujours au scandale. Pour ne citer qu'un exemple bien connu de l'*Univers*, le travail publié dans ce journal par M. Nicolardot contre Voltaire, malgré l'effroyable tapage qu'il a soulevé, n'a pu faire son chemin en librairie.

Les articles de M. Veuillot sont plus curieux à lire pour les lettrés que pour le vrai public. La forme plus que le fond en constitue la valeur. L'*Univers* n'est qu'un charivari religieux, un Figaro grave, mal embouché et de mauvaise humeur.

Il y a pourtant, à travers ces permanentes diatribes, des jours où l'*Univers* rencontre juste. C'est lorsqu'il s'attaque aux préjugés

bourgeois, aux mauvaises mœurs, à la mauvaise littérature, aux ridicules du libéralisme-
prudhomme. Mais il est rare que, sur ce
terrain même, il ne force pas la note et ne
tombe lui-même dans les ridicules et les
préjugés du genre opposé.

Il est fort difficile, au surplus, de discuter
avec M. Veuillot. Un écrivain de beaucoup
d'esprit le comparait à un de ces loustics du
peuple parisien avec lesquels il est d'autant
plus dangereux de se colleter, que le drôle,
non-seulement vous heurte rudement, vous
salit de la boue de son vêtement, mais dé-
sarme même votre colère par quelque na-
zarde bouffonne qui vous décourage, vous
fait rire, et vous laisse, sans vengeance,
avec de la crotte aux habits.

La *Démocratie pacifique*, échafaudée sur
les doctrines de Fourier, cherchait, par la
voie du journalisme, les applications de
cette doctrine dans le monde tel qu'il est.
Elle avait installé ses bureaux dans un petit
hôtel de la rue de Beaune, près du quai Voltaire. C'était un journal de fantaisie métho-
dique, rédigé par un ancien élève de l'École

polytechnique, M. Victor Considérant. La *Démocratie pacifique* n'avait pas de préjugés. Elle poussait très-loin, comme Saint-Simon, la tolérance de mœurs. Elle n'exigeait pas de ses adeptes ces vertus austères qui jettent la consternation dans les esprits et font que certaines sectes, suivies par de très-honnêtes gens, deviennent un objet d'exécration ; car rien ne nous est plus cher que nos vices. Disons même, à la louange de notre pauvre humanité, qu'aux fautes de la vie se mêlent souvent, avec une délicatesse singulière, les sentiments les plus exquis, ceux-là même qui relèvent et ennoblissent la pâte douloureuse dont nous sommes pétris.

A la *Démocratie pacifique*, on rêvait le bonheur commun. On accueillait avec bienveillance toutes les nouveautés, toutes les hardiesses de l'esprit. On y avait du talent, de l'imagination, de l'imprévu, du bizarre ; cela relevait d'une saveur agréable la monotonie du règne.

Ces bons rêveurs avaient trouvé dans le public français un certain nombre d'autres rêveurs faits à leur image, et qui, avec les curieux et les désœuvrés, formaient la clientèle d'abonnés de la *Démocratie pacifique*. M. Victor Considérant avait la figure expressive, l'imagination vive, la parole facile. Sa persounalité bienveillante attirait, rue de Beaune, un petit groupe d'auditeurs et d'interlocuteurs sympathiques. On causait de l'avenir et de toutes les charmantes chimères dont se repait l'esprit des gens qui ne sont pas de purs actionnaires dans la société française.

Cette politique *abracadabrante* était moins ennuyeuse que l'épais sens commun du journal le *Siècle*, rédigé par MM. Odilon Barrot, Chambolle, et, plus tard, par un galant homme qui a laissé des regrets, M. Perrée.

Le *Siècle* logait, comme aujourd'hui, dans les boues de la rue du Croissant, dans cet hôtel gras de noir d'imprimerie, où s'entassent tant de feuilles depuis vingt ans. Le succès a cela de singulier qu'il s'attache souvent à la médiocrité. La politique du journal le *Siècle*, d'un libéralisme à peu près incolore, convenait au tempérament de la grande masse des lecteurs français. Son feuilleton, il est vrai, venait en aide à sa politique. Non pas que ce feuilleton fût d'une littérature de beaucoup supérieure à la politique du journal; mais, dirigé en vue de la spéculation par un homme habile, M. Louis Desnoyers, l'intérêt de curiosité, la suspension, la distribution des chapitres, organisés comme une véritable chausse-trappe où venait se prendre la curiosité du lecteur, aurait pu lutter avec la *Gazette des Tribunaux* aux époques des plus palpitants drames judiciaires.

Le *Siècle*, un des premiers, avait introduit le roman à demeure fixe sous ses colonnes politiques. Il fut un des journaux qui tirèrent le meilleur parti de cette innovation. L'annonce et le feuilleton ont rendu à la presse un service considérable au point de vue commercial. Ils ont engendré des tirages inconnus jusqu'alors. Mais, en devenant puissance industrielle, le journal a beaucoup perdu en France de sa véritable importance politique.

Le plus grand complice de cette inaugura-

tion du feuilleton fut M. Louis Desnoyers,
qui, pendant plus de vingt ans, apporta
dans l'exercice d'examinateur de ces œuvres
éphémères une prudence de Mazarin, cou-
pant ici, rognant là, sachant, comme le
meilleur des cuisiniers, ce que l'estomac
humain est capable de supporter d'épices et
le degré positif de la dose qu'on peut lui
faire ingurgiter.

A l'époque où j'arrivai à Paris, mes manuscrits sous le bras, j'allai frapper à la porte
d'un de ces journaux que je ne puis mieux
comparer qu'à l'insecte auquel on a donné
le nom d'*éphémère*. Comme cet insecte, ces
feuilles, nées de je ne sais quelle décom-
position, éclosent le matin et meurent le
soir. L'accès de ce fragile abri me parut
plus facile que celui d'une feuille en renom,
et, avec la candeur de mes dix-huit ans, je
me disais que pourvu que le manuscrit fût
imprimé, peu importait sur quel papier.

J'ai oublié le titre de cette feuille, mais je
me souviens qu'elle avait planté sa tente au
fond d'une cour de la rue Coquillière, et
qu'elle avait pour gérant le nommé Robil-

lard ou Rodilard, dont le nom me rappelait
ce fameux Rodilard, roi des chats, la ter-
reur des rats de La Fontaine.

Le *Journal du Peuple*, rédigé par Godefroy Cavaignac et Dupoty, demeurait dans
la même rue. J'y fus conduit par quelqu'un
de l'éphémère. Nous rencontrâmes, dans une
salle obscure, un grand jeune homme pâle,
auquel mon introducteur me présenta en dé-
clinant mon nom, auquel il ajoutait la qua-
lité anticipée d'homme de lettres. « Le nom
de monsieur m'est parfaitement connu, »
articula le personnage auquel on me pré-
sentait.

Je le regardai de travers. Quoique peu ba-
tailleur, je ne me sentais pas d'humeur à
essuyer une impertinence. Il s'était incliné;
ses longues moustaches pendaient, et il y
avait quelque chose de si grave, de si triste
dans cette noble physionomie, que je vis
bien qu'il n'avait pas eu l'intention de se
moquer de moi. Je n'avais pas eu encore le
bonheur de voir mon nom imprimé.

Nous passâmes.

— « C'est Godefroy Cavaignac, » me dit

mon introducteur. Je vis aussi M. Dupoty, petit homme cordial et résolu. Mais, peu de jours après, il se trouva que mon éphémère avait déménagé par la fenêtre. Je pleurai amèrement la perte de mes manuscrits, et ne revins plus rue Coquillière.

Le *Globe* avait reparu, mais il n'appartenait plus, cette fois, à la doctrine saint-simonienne. Il était dirigé par M. Théodore Lechevalier. Les rédacteurs principaux étaient MM. Granier de Cassagnac et Solar. On y mangeait du nègre. M. Granier de Cassagnac, dont la plume est un bâton et le style une rixe, était l'avocat de la traite. Quelque chose de ce style avait déteint sur la physionomie de M. Granier de Cassagnac. Quant à M. Solar, il était remarquable par sa belle tête de moine espagnol, d'un calme imperturbable. Ce calme contrastait avec la finesse de son esprit. Théodore Lechevalier jetait un mauvais vernis sur la rédaction par ses allures de corsaire et ses récits de nègres, dont on eût pu faire, disait-il, de *jolis petits feuilletons.*

MM. Granier de Cassagnac et Solar fondèrent ensuite l'*Époque*, qui passa comme un météore, mais non sans faire quelque bruit dans le monde. L'*Époque* s'était d'abord logée au boulevart Italien, près du théâtre des Variétés. Ses garçons de bureau, ses porteurs galonnés couvrirent Paris de leur livrée. Jamais pareilles exhibitions n'eurent lieu en France à propos de journalisme. Au carnaval, l'*Époque* lutta avec les tailleurs en renom.Une cavalcade d'hommes portant des bannières sur lesquelles on voyait : *Lisez l'Époque!* des scènes du roman-feuilleton en cours de publication, représentées sur un char par des individus costumés comme au théâtre, un cortége nombreux se déployèrent sur toute la ligne des boulevarts. Jamais dentiste en renom ne fît pareil tapage. M. Anténor Joly avait été le metteur en scène de cette monstrueuse réclame. Il apportait dans ces sortes de choses une véritable foi. Dans sa pensée,on fabriquait un succès, on improvisait un romancier de génie, comme on monte une maison de confection ou comme on popularise un produit chimique. Ce fut un de ces vices du règne,.

de tout ramener à des proportions industrielles. C'était une vaste échelle qui partait du cens pour aboutir aux plus infimes détails de la vie privée des Français.

L'*Époque* donna le signal de l'agrandissement du format des journaux, et eut la prétention de représenter l'encyclopédie du journalisme parisien.

Je ne reviendrai pas sur les scandales financiers qui présidèrent à la création du journal l'*Époque*. On sait qu'un privilége de théâtre, payé 100,000 francs entre les mains d'un ministre, servit à former les premiers fonds de l'*Epoque.* On créa aussi des actions. Mais, malgré sa nombreuse clientèle, l'*Époque* succomba bientôt comme l'*Esprit public.*

Il faut l'avouer, cette feuille, en tombant, laissa derrière elle une longue traînée de scandales qui, par l'importance que prenaient alors les moindres événements , eut un déplorable effet. L'esprit du public était dirigé pour les choses de l'intérieur, dans un sens ordinairement réservé au théâtre plus vaste de l'observation. extérieure. Chacun étudiait les faits, et, avec une ingénieuse dextérité, les comparait, les rapprochait, établissait leur corrélation et concluait contre le gouvernement. La-France entière était alors dans cette lutte suprème une sorte de grand juge d'instruction. Elle fut d'une habileté terrible.

Les petits journaux, sous le règne de Louis-Philippe, étaient moins nombreux qu'aujourd'hui, mais ils poussaient beaucoup plus loin l'audace dans l'attaque. La principale de ces petites feuilles existe encore aujourd'hui : c'est le *Charivari*. Elle était rédigée par trois journalistes qu'on nommait les *Trois hommes d'État du Charivari*. MM. Altaroche, Albert Clerc, Louis Huart, Taxile Delord, Laurent Jan et d'autres dont les noms m'échappent, furent successivement employés à la rédaction de ces petits articles qui se lisaient beaucoup, surtout dans les départements. Ces Messieurs réalisaient le problème d'avoir de l'esprit tous les jours. Ils furent, comme des taons, attachés aux flancs des ministres de la monarchie constitutionnelle. Dans l'œuvre

commune de la destruction, ils frappaient à
coups d'épingle, et leurs coups n'étaient
pas les moins dangereux.

A côté du *Charivari* vécut aussi le *Corsaire* qui, vers 1842, cessa, puis recom-
mença d'être politique et se transforma
en *Corsaire-Satan*. Un vieux journaliste,
M. Lepoitevin-Saint-Alme, dirigeait cette
feuille et tenait sous sa férule une foule
de jeunes débutants littéraires qu'il trai-
tait de *petits Crétins*. La plupart de ces
jeunes gens, si cavalièrement traités, ont
fait un chemin assez brillant dans les lettres. Le *Corsaire-Satan* fut une espèce de
collège d'adultes où l'on s'exerçait à toutes
les malices de la plume. Cette petite école
vivait dans la misère, le désordre et la rail-
lerie, sous un chef sans éducation, sans génie et sans courage. Pour n'être pas devenus de méchantes bêtes à ce régime
exécrable, il fallait que ces jeunes gens
eussent au fond un bien bon naturel !

Vers les derniers temps du règne, on vit
reparaître un journal, ou du moins le nom
d'un journal qui avait fait grand bruit sous

le règne du roi Charles X. Je veux parler du *Conservateur*.

Le nouveau *Conservateur* était rédigé par des hommes de talent, tels que MM. Charles Reybaud et Eugène Forcade. Le dernier offrait le type le plus parfait de ce qu'on aurait pu nommer le *Jeune Conservateur*, race qui eût provigné, mais à laquelle les événements ne donnèrent pas le temps de croître et de florir.

C'était, d'ailleurs, un jeune homme plein de mérite réel, et son collègue, M. Charles Reybaud, un journaliste d'une expérience consommée.

Les ouvriers, qui allaient devenir rois pour quelques jours et s'étourdir de leur misère dans les fumées de l'orgueil satisfait et des espérances folles que la littérature du règne avaient fait germer en eux, les ouvriers avaient aussi leurs journaux.

Je citerai parmi ces feuilles le *Populaire*, que rédigeait M. Cabet. Cette rédaction, honnête, lourde et obtuse par les points capitaux, pleine d'un faux positivisme, et chimérique en réalité comme un conte de fées,

avait touché le cœur de cinq mille abonnés,
cinq mille sectaires, laborieux, probes, en-
têtés comme le maître, et aussi peu péné-
trés que lui de la philosophie des choses de
la vie.

Un autre journal, l'*Atelier*, moins répandu
peut-être, mais bien plus intelligent, reflé-
tait dans les classes laborieuses l'esprit du
National, ou du moins quelque chose d'ap-
prochant.

L'*Atelier* était dirigé par un ouvrier hors
ligne, M. Corbon, qui bientôt allait devenir
vice-président de l'Assemblée constituante.
M. Corbon était, comme la plupart des ouvriers d'élite, comme Agricol Perdiguier et
quelques autres, un esprit un peu religieux,
ferme, mais surtout très-sage dans la forme
de son langage et de son style et fort modéré
dans ses aspirations. Le démagogue, l'éner-
gumène de club n'a rien de commun avec
ces hommes qui, pour les mœurs, les idées
et les principes, furent l'honneur et l'exemple
de la classe ouvrière.

Sous le règne du roi Louis-Philippe, la
politique du journalisme fut généralement

assez creuse, les fictions parlementaires, les petites rivalités de tribune et de fonctions défrayaient le plus souvent les premières colonnes des journaux.

Ce fut une guerre de coups d'épingle ; elle dura dix-huit années et ressembla beaucoup à une longue partie d'échecs.

Ce qu'il y a de déplorable dans ce genre de lutte, c'est que le public finit par s'y intéresser. Il ne s'aperçoit pas que le combat se passe au-dessus de sa tête, en dehors de ses intérêts, qu'une lutte semblable finit ordinairement par une bataille, et qu'il paie toujours les frais de la guerre.

A de rares exceptions près, tel est, du moins, le résultat de ces compétitions savantes.

Pour triompher, tout est bon, en pareil cas. L'opposition n'épargna pas les promesses. Celles du règne de Louis-Philippe furent immenses, insensées. A cette température malsaine, l'utopie naquit comme champignons sur couche.

Jamais les Français ne furent bernés de plus de chimères et en plus beau langage.

L'imagination populaire se plait à ces con-
tes pédants qui, sous les couleurs de la
science et à l'aide d'axiomes de moralité
banale et de fausses déductions économiques, ne font, en somme, que reproduire
moins agréablement qu'en chansons la
vieille histoire du pays de Cocagne.

On en rirait, n'était les conséquences. Mais la théorie des alouettes rôties s'in-
sinue peu à peu dans la profondeur des ré-
gions du travail. Et dès que la multitude a
empoigné cette suave doctrine, rien ne l'ar-
rête. Elle marche vers Cocagne, le fusil à la
main, sur le ventre des bourgeois et des
grenadiers, à travers le fer, le feu des ba-
taillons, comme des soldats turcs qui croient,
en marchant à la mort, conquérir une puissance amoureuse infinie et un harem gorgé
de femmes, comme une cuve de grappes.

Quand les pâles Mahomet de ces luttes
sociales ont été portés, par les prétoriens de
l'émeute, au pouvoir suprême, l'illusion
cesse. La chimère s'évanouit et fuit à tire
d'aile en oiseau moqueur. La tirelire des illusions économiques, brisée sous la crosse

d'un fusil populaire, ne laisse rouler sur le sol qu'une poignée de gros sous verts et empoisonnés. Le pays de Cocagne s'est fait radeau de la *Méduse* ou ponton pénitentiaire.

Il faut revenir, comme Candide, à son jardin potager et cultiver ses choux et ses carottes. L'opposition, jadis charmante, parée des grâces de la jeunesse et de la beauté, au corsage plein de riantes promesses, n'est plus qu'une affreuse Cunégonde, qui porte au ventre la cicatrice d'un sabre précurseur du viol qui l'a souillée, et dont l'œil, rouge comme celui du poëte d'Horace, s'ouvre plus effrayant que l'effrayante réalité des misères humaines.

Pour résister aux entraînements de l'utopie et aux attaques plus habiles encore des tacticiens du *National*, de la *Gazette* et du *Constitutionnel*, le ministère, sous le règne de Louis-Philippe, avait imaginé d'organiser un système de défense.

En dépit de la réserve imposée au gouvernement sous le régime parlementaire, un cabinet avait eu l'heureuse idée de former un petit escadron volant de journalistes, qu'il lançait à propos sur tel ou tel point menacé.

Le cabinet suivant trouva l'invention bonne et la conserva.

Elle florit particulièrement sous l'administration de M. Duchâtel. On nommait cette branche de service *bureau de l'esprit public.*

Je ne sais pas si ce bureau représentait, en effet, l'esprit public. Il est même permis d'en douter. Mais il est positif que ceux des journalistes qui en firent partie ne manquaient pas d'esprit.

On y distingua MM. Toussenel, Edmond Texier, aujourd'hui rédacteur du journal le *Siècle*; de Cardonne, Lherminier, et bien d'autres que j'oublie.

Lorsqu'une lutte électorale s'engageait sur tel ou tel point de la France, le ministère détachait quelquefois un des journalistes du bureau de *l'esprit public*. Il allait prêter main-forte au journal ministériel de la localité.

M. Toussenel ne servit pas longtemps

dans ce régiment. Ses opinions, ses goûts, ses études, l'appelaient ailleurs. Il quitta, vers 1840 ou 41, sous le ministère de neuf mois.

M. de Cardonne, à qui M. de Balzac avait prédit, dans sa revue, de hautes destinées, semble avoir préféré les douceurs de la vie obscure et privée. Il a disparu comme un sage.

M. Lherminier était un des plus aimables créoles qu'il soit possible de rencontrer à fleur de trottoir du boulevart Italien, en sortant de l'Opéra. Plein d'esprit, mais paresseux avec délices, il aimait trop le plaisir de vivre pour lui préférer autre chose.

Comment ces gens d'esprit n'ont-ils pas fait un chemin plus rapide et plus haut dans la carrière politique? pourquoi n'ont-ils point figuré dans les hautes fonctions? Ceci est leur secret. L'intérêt de cet aperçu n'a rien à démêler avec ces détails.

En somme, malgré bien des prétentions contraires, on peut affirmer que le mouvement littéraire, sous le règne de Louis-

Philippe, fut très-supérieur au mouvement
des idées politiques.

La révolution de 1848 a prouvé double-
ment le vide de celles-ci.

Impuissance du pouvoir,

Impuissance de l'opposition,

Telle est la double vérité qui s'est déga-
gée de ces événements.

Sans revenir longuement ici sur les luttes
littéraires qui signalèrent les premières années du règne de Louis-Philippe, et qui,
d'ailleurs, l'avaient devancé, il est pourtant
impossible de les passer sous silence. Au
point de vue historique de cette étude sur
la presse au dix-neuvième siècle, elles ont
leur importance. Le romantisme fut une révolution. Le roman-feuilleton en fut une
autre.

Par l'innovation du roman-feuilleton, la
littérature de ce règne singulièrement fé-
cond en romans et en nouvelles, se trouve
mêlé aux agitations des idées courantes.

C'est même un fait curieux à relever ici,
que le roman, timide et inoffensif d'abord,
prit peu à peu des allures agressives, et

seconda l'opposition avec une puissance et une activité qui échappèrent à l'attention du pouvoir, et qui achevèrent de miner un principe d'autorité déjà bien fragile sous un régime parlementaire.

Lorsqu'on relit aujourd'hui les romans de MM. de Balzac, Frédéric Soulié, Stendhal (Beyle), Eugène Sue, George Sand, et de leurs imitateurs, on est frappé de surprise en songeant à l'incurie des fonctionnaires et des législateurs qui, lisant ces élucubrations, s'en amusant, en prévirent si peu les conséquences.

La légèreté de la forme leur fit oublier la gravité du fond. Ils furent pris à la glu, comme le fut l'ancienne cour à l'œuvre de Beaumarchais. Les hommes politiques, dédaigneux des choses de l'imagination, ne s'inquiétaient pas assez du mouvement littéraire et artistique.

Au lieu de le contenir, sagement et utilement pour l'art et pour l'État, dans sa voie véritable, ils l'abandonnaient sans lisières, mais aussi sans secours et sans appui, à tous les écarts de l'initiative individuelle et à toutes les tentations du succès mercantile.

Cet abandon eut des résultats faciles à constater. En prenant à part l'œuvre de chacun de ces romanciers, l'œil le moins observateur est frappé des transformations que la direction des idées prit insensiblement sur ce canevas si frivole, en apparence, des Romans, de la nouvelle et du théâtre.

La plupart des écrivains littéraires qu'on vient de citer ont eu deux ou trois manières. Les premiers romans de Mme Georges Sand, de M. Soulié, de M. Eugène Sue, sont fort différents des derniers. Dans chacune de ces manières, dans leur enchaînement, il existe une progression politique rapide, entraînante, dont furent dupes l'Etat, les conservateurs, le public. Impossible de s'y méprendre. La littérature prenait un but purement polémique. Elle s'adressait aux fibres du cœur, comme le Premier-Paris s'adressait aux facultés du raisonnement. Elle atteignait les masses inaccessibles aux idées purement spéculatives.

Toutes ces écoles, toutes ces doctrines

trouvèrent dans le roman un auxiliaire d'autant plus dangereux qu'il était plus séduisant. Les journaux, malgré leur mépris intérieur pour ce genre d'auxiliaire, en sentaient si bien le prix, qu'ils se résignaient aux plus grands sacrifices pour obtenir du romancier en renom l'œuvre qui devait augmenter le nombre de leurs lecteurs et grossir leur clientèle.

Les rédacteurs en chef s'y fussent peut-être opposés. Mais le journal, devenu boutique de papier, usine, industrie, obéissait aux tendances ordinaires de la spéculation. Le romancier trouvait des complices dans le bailleur de fonds. Le fermier d'annonces pactisait avec l'un et avec l'autre. Les petites choses s'enchaînaient invinciblement aux grandes. Le bureau de l'*esprit public*, malgré son beau nom, ressemblait à une mouche noyée dans un seau de lait. Les parquets voulaient-ils sévir?

— « Eh quoi! leur disait-on, n'épargnerez-vous pas même les lettres, *le belle cose della vita.* »

Forte du roman-feuilleton, l'industrie du

journalisme perdit toute mesure. Elle voulut, comme Pierre-le-Grand, comme les sucreries indigènes et les chemins de fer, *tout envahir*.

Je me souviens d'un trimestre où les journaux en projets furent si nombreux, qu'on commençait à s'inquiéter de savoir qui pourrait les écrire.

On raconte qu'au temps de Montesquieu, les libraires tiraient les auteurs par la basque, leur disant les mains jointes :

— « Monsieur, faites-moi des *lettres persanes !* »

En 1846 et 1847, la multitude des feuilles à naître donna un moment, aux expéditionnaires de romans et de nouvelles, le charme de s'entendre solliciter, non par le libraire, mais par l'entrepreneur de journaux.

Il fallait bien, en effet, allécher, par un prospectus éclatant, l'actionnaire de ces feuilles en mal de formation.

Le prix du feuilleton haussa en un moment, comme, à la Bourse, on a vu hausser des valeurs qui depuis... mais alors on croyait à toutes les chimères. L'homme de lettres pauvre passa, comme tant d'autres physionomies de la comédie humaine, à l'état de type perdu. Le monde fut plein du bruit des magnificences de la littérature en liesse. La crédulité publique prit toutes ces choses au sérieux. C'était le temps où M. Alexandre Dumas faisait bâtir un château auquel il donnait le nom de ses romans (*Monte-Christo*), et où M. de Balzac épousait une princesse russe.

La révolution elle-même devait garder un souvenir de ces folies. Aussi le bon public crut-il sur parole les mauvais plaisants qui lui affirmèrent que M. Louis Blanc, au Luxembourg, ne mangeait pas de côtelettes qu'elles ne fussent à la purée d'ananas.

On n'a pas l'idée des titres sonores, prestigieux, que recherchaient ces entrepreneurs de feuilles nouvelles. L'un d'eux, ne sachant plus quel moyen employer pour écraser ses compétiteurs et éblouir le public, donna pour titre à son numéro-spécimen : LE SOLEIL !

Cet astre n'éclaira jamais notre hémisphère, et resta au nombre des nébuleuses qui forment le frai des astres futurs.

On parlait encore d'une foule de journaux... à naître, quand tout à coup la révolution de février éclata. Les meneurs de combinaisons de presse avaient entrevu deux ou trois feuilles possibles, le ciel en fit pleuvoir six cents. La France avait soif de publicité, elle allait en être gorgée au point de s'en trouver malade, et, sans aucun doute, le mal se fût guéri de lui-même, si les choses du fusil ne venaient pas toujours ici se mêler à celles de la plume, et gâter les affaires de la littérature, de la science et du véritable talent.

FIN.

FERDINAND SARTORIUS, ÉDITEUR, 9, RUE MAZARINE.

Pour paraître prochainement :

ÉTUDES ET VOYAGES

PARIS — LA BELGIQUE
LA HOLLANDE

PAR M. FERNAND LAGARRIGUE

1 VOL. IN-18.

Prospectus.

Un auteur que ses incessants travaux
dans le journalisme ont déjà fait connaître
avantageusement en France et à l'étranger,
publiera prochainement un ouvrage appelé,
par l'intérêt tout particulier du sujet, à un
succès des plus honorables.

M. Lagarrigue, qui sait combien les œuvres du genre de celle à laquelle il doit attacher son nom méritent de recherches, a étudié de près Paris, ses peines et ses plaisirs, sa misère et son opulence, la Belgique et la Hollande, pays dignes à tant de titres des sympathies de tous.

Le livre que nous annonçons ne sera pas seulement un rapide voyage à travers les villes où les merveilles de l'architecture sont si nombreuses, mais il donnera aussi des études de mœurs. L'auteur s'efforcera également d'ajouter quelques détails nouveaux et inédits aux ouvrages publiés antérieurement sur le même sujet.

Ce volume trouvera sa place dans toutes les bibliothèques, les voyageurs le liront avec intérêt, tant pour la forme agréable du style de son auteur, que pour leur instruction et leur amusement.

Ferdinand Sartorius,
Éditeur.

9 782016 112052